儿童情绪管理与性格培养绘本

我会关心·别人

学会分享，友善待人

Grow Kind

［美］乔恩·拉瑟（Jon Lasser）

［美］塞奇·福斯特–拉瑟（Sage Foster–Lasser） 著

［美］克里斯托弗·莱尔斯（Christopher Lyles） 绘

王玮 译

化学工业出版社

·北京·

Grow Kind, by Jon Lasser, Sage Foster-Lasser, illustrated by Christopher Lyles.

ISBN 978 - 1 - 4338 - 3050 - 1

本书中文简体字版由 American Psychological Association（APA）授权化学工业出版社独家出版发行。

本书仅限在中国内地（大陆）销售，不得销往中国香港、澳门和台湾地区。未经许可，不得以任何方式复制或抄袭本书的任何部分，违者必究。

北京市版权局著作权合同登记号：01 - 2023 - 2857

图书在版编目（CIP）数据

我会关心别人：学会分享，友善待人 /（美）乔恩·拉瑟（Jon Lasser），（美）塞奇·福斯特-拉瑟（Sage Foster-Lasser）著；（美）克里斯托弗·莱尔斯（Christopher Lyles）绘；王玮译. 一北京：化学工业出版社，2023.6（2025.5重印）

（儿童情绪管理与性格培养绘本）

书名原文：Grow Kind

ISBN 978 - 7 - 122 - 43404 - 3

Ⅰ.①我… Ⅱ.①乔…②塞…③克…④王… Ⅲ.①儿童故事－图画故事－美国－现代 Ⅳ.①I712.85

中国国家版本馆 CIP 数据核字（2023）第 133479 号

责任编辑：郝付云　肖志明　　　　装帧设计：大千妙象
责任校对：李雨晴

出版发行：化学工业出版社（北京市东城区青年湖南街13号　邮政编码100011）
印　　装：北京瑞禾彩色印刷有限公司
880mm×1092mm　1/16　印张2　字数30千字　2025年5月北京第1版第2次印刷

购书咨询：010-64518888　　　售后服务：010-64518899
网　　址：http://www.cip.com.cn
凡购买本书，如有缺损质量问题，本社销售中心负责调换。

定　　价：19.80元　　　　　　　　　　　　　　　　　　版权所有　违者必究

我叫可可。我很友善。

我会告诉你怎样做到友善，但我要先问你一个问题。

早上是谁叫醒你的？

今天早上，奇科
舔了舔我的脸，把我
叫醒了。

我们一起出门，
去菜园看看。

菜园里有豆子、土豆、西红柿、
萝卜、西蓝花、黑莓、桃子、
西瓜、玫瑰、金盏花……

我想叫醒安妮，
但爸爸妈妈阻止了我。
"我们要体谅安妮，让她多睡一会儿吧！"妈妈说，"十多岁的孩子需要充足的睡眠。"

我真想给安妮看看菜园里的一切，
但我还是和奇科在外面玩游戏，
等安妮自己醒来。

终于，安妮醒了。

"你醒啦！你醒啦！"

我抓起安妮的手，把她拉进菜园里。

"太美了！"安妮赞叹道，"我知道你一直
用心照料你的菜园。你需要我帮你采摘吗？"

安妮和我摘了许多好吃的水果、蔬菜和一些漂亮的花儿。

我把菠菜、胡萝卜、柿子椒、西蓝花送给了爸爸，因为他喜欢做饭。

　　"太好了！"他说，"谢谢你！"

送给爸爸的蔬菜礼物让他很开心。我还想再分享给更多人。
安妮帮我把食物和花朵装满了小车。

"关心我们的朋友和邻居会让他们感到开心。"
我告诉安妮。
"这也会让你自己觉得开心！"安妮说道。

我们拉着沉甸甸的车子沿街分享这些美好的礼物。

黑莓送给凯莎，她喜欢甜甜的水果。

软软的、熟透的西红柿送给斯蒂文太太，她牙齿不好。

柿子椒和玉米送给我们的邻居马特和米奇，他们喜欢烧烤。

土豆送给汤普森医生，他喜欢做新鲜的土豆沙拉。

向日葵送给卡罗尔先生，他需要好心情。

当我们到达卡罗尔先生家时，我们慢慢地走向大门。
我很紧张。曾有一次，他因为奇科闯进他家院子而发脾气。

当卡罗尔先生打开门时，他的脸上立刻浮现出笑容。

他说："谢谢你们。你们真是太好了。"他还温柔地拍了拍奇科的头。

第二天，我装了满满一箱水果和蔬菜，打算带到学校跟老师和同学们分享。

饥饿

但是，在路上我看见一个人站在墙角。
我问妈妈能不能停一下车。

我打开箱子，问她："您想吃什么？"

她说："那些桃子看起来很好吃。"

我给了她一些桃子，当我们离开时她冲我们挥了挥手。

在展示与说话课
上，我认真听朋友们
说话。

艾达带来了她的宠物龟。
唐带来了一个拼图。
卡门带来了她的水彩画。

轮到我的时候，我说："我带来了我的菜园！"

　　我给每个人分了一些东西吃。

　　"这是展示、说话和分享！"

　　看到每个人都享受着新鲜的零食，我觉得很开心。

那天晚上，我拿出我的日记，把这一天发生的事都记了下来。

我写下了卡罗尔先生的微笑，给饥饿女人的桃子，和朋友们一起享受菜园的水果，还有安妮的帮助。

关心别人，会让每个人都觉得开心。

管理菜园，并分享收获的果实，让我变得更加友善。

你会如何成为友善的人呢？

写给父母的话

[美] 乔恩·拉瑟　　　　　　心理学博士
[美] 塞奇·福斯特-拉瑟　　童书作家

当我们给孩子读《我会关心别人》这类绘本的时候，我们就创造了一个培养孩子在家庭、学校和社区取得成功所需要的社会与情感能力的机会。社会与情感能力包括很多方面，如自我意识、自我管理、社会意识、人际关系和负责任的决策等。在《我会关心别人》中，关注点则在社会意识和人际关系上。

年幼的孩子通常会把自己放在第一位，这种以自我为中心在童年早期非常正常。同时，思考自身行为如何影响他人的能力也在这一时期慢慢发展起来。所以，年幼孩子既有只关心自己的一面，也有同理心渐长的一面。很多父母都注意到孩子小时候会从别人那里抢夺玩具，并大喊着："这是我的！"尽管这些行为并不好，但家长们必须承认，分享和表达善意是随着时间慢慢发展起来的。同理心能在蹒跚学步的儿童身上就有所体现，并且随着儿童的发展成熟，尤其是当儿童在语言、认知和社交方面具备更强能力时，则愈加显著。

随着儿童大脑的发育，他们换位思考的能力也随之增强。对人友善的前提是考虑他人的需求和感受。就像孩子通过活动和训练发展出更好的运动能力，儿童社会能力的提高也需要借助于观察、思考和参与社会活动。要培养儿童友善的品质，需要让他们在自己的生活中看见友善，并且有展现友善行为的机会。

如何使用这本书

可可的父母通过请她让姐姐多睡一会儿的方式，鼓励她站在姐姐的角度看问题。后来，可可还考虑到了邻居们不同的喜好和需求。这些都是考虑他人需求的例子。在读《我会关心别人》的时候，问问孩子是如何看待书中人物的思想和情感的，帮助他们换位思考。比如，问他们："当可可给站在墙角的人一些食物时，这个人会怎么想？"

当孩子表现出不友善的行为时，成人

应该如何做出回应呢？也许表达对受伤害者的关心会有所帮助。例如："当你把木块扔向马修时，他看起来很害怕。来，让我们看看他有没有被打到。"这样的反应会比惩罚那个扔木块的人更有帮助，因为表达对其他孩子的关心能帮助儿童换位思考，同时还提供了一个愈合关系的机会，有助于成人与孩子一起识别行为背后隐藏的情感或担忧。也许可以解决一个未满足的需求，以阻止更深的伤害。

最后，我们要对年幼的孩子抱有适当的期望。在童年早期，儿童的自我控制和社交能力还处于不断发展的状态，帮助孩子培养友善品质的最好方法就是以积极的方式、耐心地支持他们养成这些重要的能力。跟孩子一起读《我会关心别人》，就是为孩子提供社会场景下如何慷慨待人和表达善意的例子。

如何培养孩子的友善品质

在这本书中，可可通过不同的经历培育出友善的品质。故事中描述的情节对很多年幼的儿童来说都很常见。下面提供一些具体的例子，帮助您运用可可的方法培养儿童友善的品质。

发现友善立刻肯定

如果您的孩子对兄弟姐妹、朋友或大人表现出友善的行为，您要立刻肯定这一行为，并且鼓励他继续深入思考。例如："你和麦琪分享自己的卡车，允许她玩你的卡车，你真是太棒了！"此外，还可以试着发现并讨论那些孩子或您自己得到的友善行为。例如，如果孩子帮助了他的兄弟姐妹做功课，您可以引导接受帮助的孩子识别并感谢这种友善行为，您可以说："玛利亚帮助你做数学作业，真是太好了，她一定很关心你。"

说说友善带来的感受

这样问问您的孩子："当你让麦琪玩你的卡车时，你觉得她有什么感受？"您可以通过跟孩子聊聊自己获得友善的感受来帮助孩子回答这一问题，例如："当我的朋友对我做了一些暖心的事，我觉得很开心。这让我觉得她很在乎我，让我发自内心的高兴。"当您观察到孩子在日常生活中感受到善意时，让他描述内心的感受。这将帮助他更好地认识自己和他人的情绪。

在游戏中教孩子友善

将友善融入到游戏时间！鼓励您的孩子在游戏中做出反映积极人际关系的决定。例如："哇！你做的食物看起来很美味！你觉得我们的邻居会不会喜欢？"如果游戏中的某个角色很悲伤或难过，问问您的孩子，别人能不能做点什么让他感觉好一点。这可以指导您的孩子从不同角度获得参与友善行为的经验。

善待自己很重要

作为友善的一个方面，善待自己往往容易被忽视。当需要好好照顾自己，对自己好一点的时候，试着认可这种需要。如果您的孩子身体不舒服，不能参加生日派对，您可以这样说："我知道萨拉希望你参加她的生日派对，但是有时候你需要好好照顾自己。让自己好好休息就是对自己友善。"如果您的孩子出现自我否定的行为，要告诉他应该善待自己。例如："我发现你对自己画的画不太满意。有时候，我们对自己似乎比对别人更加不友好。不要谈论你不喜欢的部分，让我们说说让你满意的三个地方吧！"